les ESPOIRS de

AGNÈS de LESTRADE ~ TOM SCHAMP

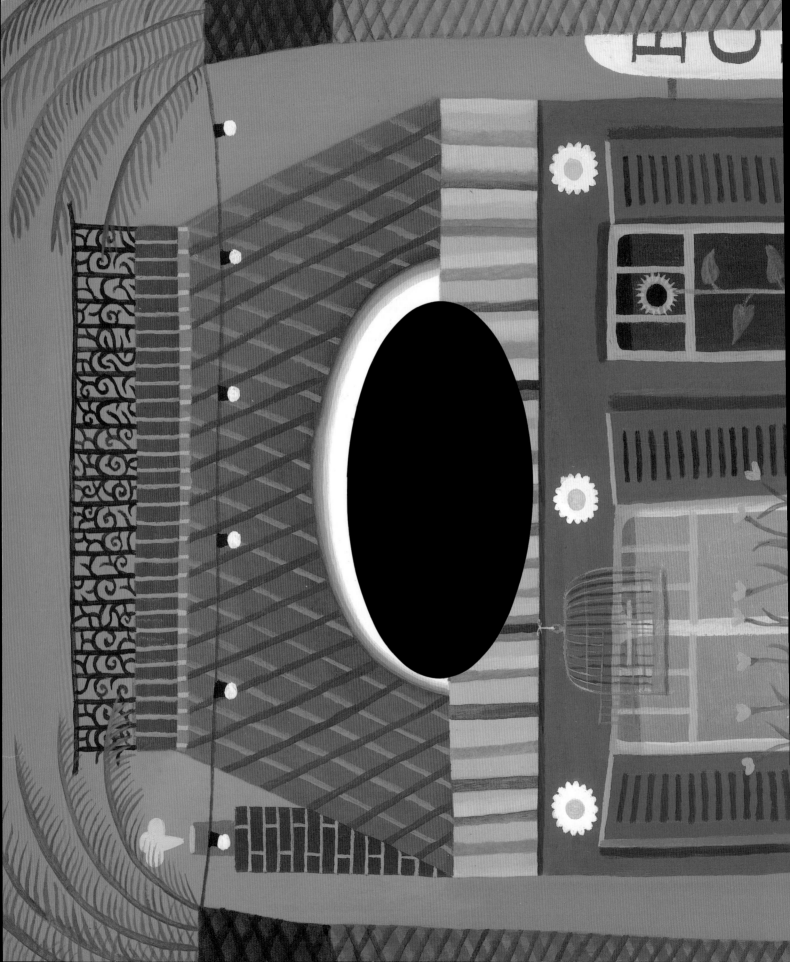

Tout en haut de la montagne de Tez vit Bouba,
le petit vendeur d'espoirs.

Le **lundi**, dans sa boutique,
on trouve de petits espoirs tout chauds sortis du four.
Ils sont moelleux et fondent lentement sous la langue.
Ce sont les préférés de Moussa,
le joueur de flûte.
Et Moussa a besoin d'espoirs
pour que sa jambe guérisse un jour.

Le mardi, Bouba cuisine de gros espoirs bien vigoureux, qu'il élève dans son jardin, juste derrière sa boutique. Quand il les fait griller, les espoirs embaument bien plus que le mouton ou le poulet. La crémière est toujours la première à en acheter ; elle espère que bientôt son mari rentrera de la guerre.

Les espoirs du **mercredi** sont les plus épicés de tous. Car Bouba les mélange à des herbes de son potager. Romarin, thym et graines de cardamome : toutes ces saveurs se marient merveilleusement aux doux espoirs de Bouba. Marika s'en offre un chaque mercredi.

Et elle ne peut plus s'en passer.
Car elle a un espoir secret : qu'Ahmed, son voisin
d'en face, se décide enfin à l'embrasser.

Le **jeudi**, c'est le jour
des gâteaux. Les espoirs sont
sucrés, acidulés, et ils fondent dans
la bouche sans laisser aucune amertume.
Ce jour-là, les enfants sont comme
des grappes devant la boutique de Bouba.
Ils piaillent et leurs yeux n'en finissent
pas de rire. Car le jeudi, tous
les espoirs sont permis.

Le vendredi,
Bouba ne cuisine pas ; il reste dans son lit.
Et il invente les espoirs du lendemain.

Tout le monde sait que le vendredi est un jour sacré.
Sans ce jour précieux, tous les espoirs seraient perdus.

Le **samedi** est un jour resplendissant.
Certains disent même « le meilleur jour pour les espoirs ».
Ce jour-là, ils ne sont ni chauds, ni épicés, ni sucrés. Ils sont vivants.
Personne ne se rend à la boutique. Car les espoirs viennent
dans les maisons. Le samedi, on ne les mange pas ; on les respire.
Et c'est suffisant.

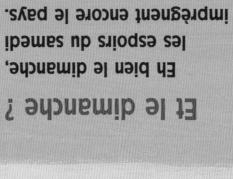

Et le dimanche ?
Eh bien le dimanche,
les espoirs du samedi
imprègnent encore le pays.

CREMA

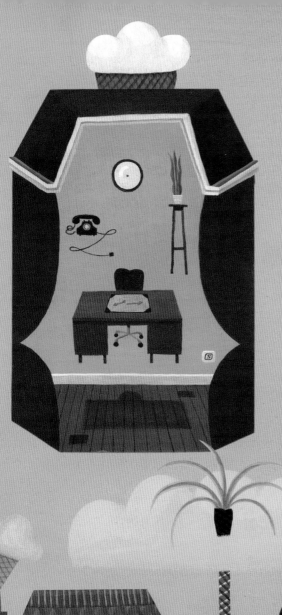

Tout le monde est repu et personne
ne pense à en acheter.

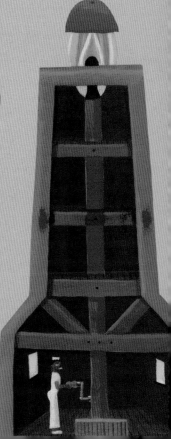

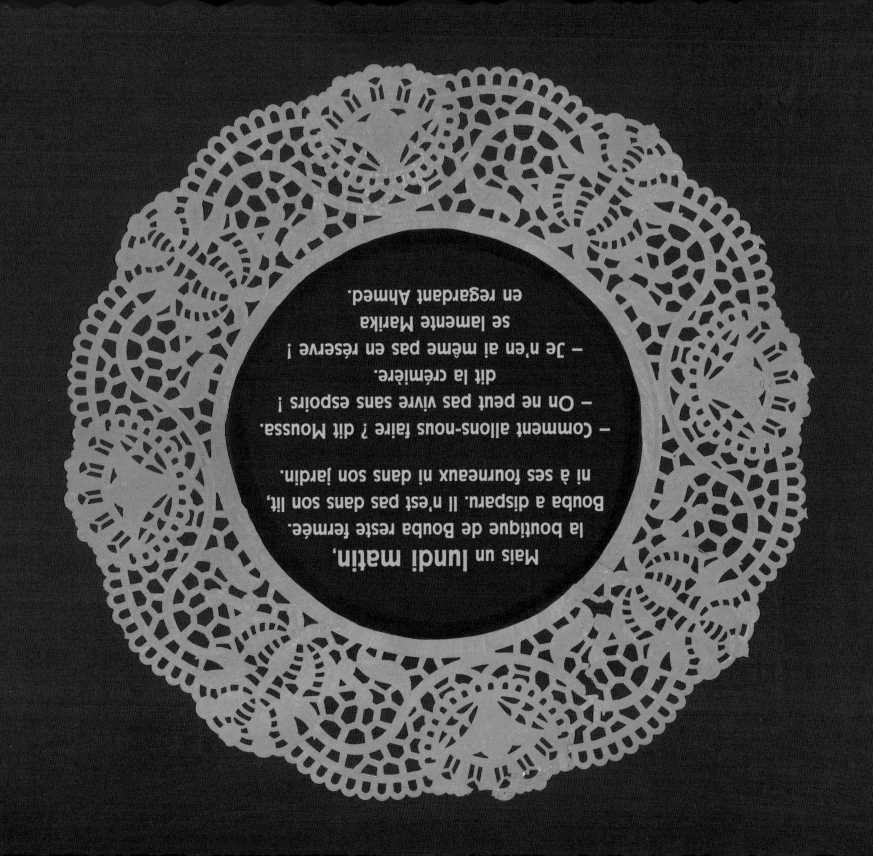

Mais un **lundi matin,**
la boutique de Bouba reste fermée.
Bouba a disparu. Il n'est pas dans son lit,
ni à ses fourneaux ni dans son jardin.
— Comment allons-nous faire ? dit Moussa.
— On ne peut pas vivre sans espoirs !
dit la crémière.
— Je n'en ai même pas en réserve !
se lamente Marika
en regardant Ahmed.

ESPOIRS

BOUBA

Les gens commencent à s'organiser.

Ils fouillent la boutique à la recherche de la recette des espoirs de Bouba.

C'est Moussa qui finit par trouver un livre d'ingrédients.

Et chacun
se met en cuisine.

Ils unissent leurs forces et leurs idées.
Et les espoirs reviennent.
Ils n'ont pas
la même forme que ceux
du petit vendeur, mais ils
sont là, bien vivants.

La crémière réussit la première.

Son premier espoir est trop cuit,
mais il suffit à la faire espérer. Le jour suivant,
c'est Moussa qui réussit un mélange sucré et savoureux
qui enchante tous les habitants.

Puis c'est au tour de Marika. Elle trouve dans son jardin
quelques graines qu'elle plante.
« Je reconnais le goût ! s'exclame Ahmed.
C'est bien de l'espoir. »

Un jour, alors que plus personne ne l'attendait,
Bouba revient. Il était parti dans un pays
où les gens n'avaient pas d'espoirs.

On ne lui fait aucun reproche.
Chacun veut lui faire goûter son espoir.
En beignet, en mousse ou en galette :
les espoirs ont encore plus de saveur qu'avant.

La jambe de Moussa est presque guérie.

Le crémier n'est pas encore rentré,
mais la guerre est finie.

Quant à Marika,
elle a reçu son premier
baiser d'Ahmed.

Et elle en espère
beaucoup d'autres
encore.